湘土琢玉

杨旭玉 ◎ 著

陕西新华出版

太白文艺出版社·西安

图书在版编目（CIP）数据

湘土琢玉 / 杨旭玉著 . -- 西安：太白文艺出版社，
2024. 9. -- ISBN 978-7-5513-2787-9

Ⅰ. I227

中国国家版本馆 CIP 数据核字第 20242QV218 号

湘土琢玉
XIANGTU ZHUOYU

作　　者	杨旭玉
责任编辑	熊　菁
装帧设计	青年作家网
出版发行	太白文艺出版社
经　　销	新华书店
印　　刷	永清县晔盛亚胶印有限公司
开　　本	787mm×1092mm　1/16
字　　数	148 千字
印　　张	13.5
版　　次	2024 年 9 月第 1 版
印　　次	2024 年 9 月第 1 次印刷
书　　号	ISBN 978-7-5513-2787-9
定　　价	68.00 元

诗彰才子气，词赋少年心

　　旭玉是湖南科技大学中文系2008届优秀毕业生。他热爱古诗词，喜欢写作，佳作频传，曾获2013年江西南昌"爱心杯"全国征联一等奖。去年8月18日，我应怀化市郡永高级中学印道红校长的邀请，给该校暑假教师培训班作讲座，与旭玉在会场相逢，才知旭玉是该校高中部语文教师。第二天，我又应邀作为颁奖嘉宾参加该校的表彰大会，旭玉和我的老同学、印道红校长的夫人曾凡春老师坐在我的后排。曾老师告诉我，旭玉是位大才子，每天都创作诗词，我听了内心无比自豪。早几天旭玉专门打电话告诉我，他的古诗词专集《湘土琢玉》即将出版，邀我作序。学生有了成就，为师自然高兴。离开母校多年以后，他仍然没有忘记文学，于工作间隙握笔写作，抒情叙怀，实属难得，故我欣然应允。

　　旭玉在大学期间就喜欢古诗词，他通读了李白、杜甫、王维、白居易、苏轼、辛弃疾、陆游、李清照、纳兰性德等古代大家的作品，夯实了自己的古典文学功底。毕业以后，他前往北京继续学习中华优秀传统文化，儒家思想、佛学理念等在他的诗词作品中屡有体现。

旭玉在大学期间，就开始了古诗词的写作。毕业时，他将自己创作的诗词作品整理成四本小册子，并将其中一本送给了我。我觉得他是一位有追求的文艺青年。世人常说，创作古诗词犹如"戴着镣铐跳舞"，因为古诗特别是近体诗，对于格律的要求非常严格，一些人对其望而生畏。旭玉立志在古诗词创作领域有所突破，工作这么多年，他始终没有放下心中的热望，实在难能可贵。

旭玉对我说，这些年来，他创作了上千首古诗词，每一首诗都严格押"平水韵"，每一首词都严格押"词林正韵"，照此看来，他的创作态度是一丝不苟的。我读完他这部诗词集，觉得他富有才气，对生活充满热情，是一位纯粹的诗人。作为中文系毕业的学生，能用古诗词记录人生，吟咏岁月，又何尝不是一份丰厚的财富呢？从这部诗词集里，我读到了如下感情：

重情重义，丈夫襟怀。如《钗头凤·爱妻》："颜如雪。眉修洁。七年同我夫妻结。天寒冻。吹春梦。贯南横北，苦甘相共。痛！痛！痛！"据我所知，他妻子是黑龙江人，两人在秦皇岛认识，尽管旭玉当年没有车子房子，可他的妻子还是选择了他。旭玉感恩妻子对他的不离不弃，以词记之，读来感人肺腑。再比如《江城子·好友杨先生以物寄予感其意》："先生清德著江城。重文名。鉴真情。"寥寥数笔，直抒胸臆，将好友杨先生的形象刻画了出来。正是杨先生对旭玉才气的欣赏，才使两人结下一段深厚的情谊。又如《江城子·夜梦先妣》："凄凉四载隔黄泉。想容颜。每难眠。梦里相逢，迎面泪涟涟。慈母一声还未发，先问我，顾周全。"感人处直追东坡夜梦王弗之同调。

思念桑梓，游子情深。旭玉 2008 年从湖南科技大学中文系毕业后去了北京、秦皇岛、福鼎等地，可谓辗转漂泊，离乡万里。但他始终心系桑梓，希望有朝一日能够回到家乡怀化，执教传道，报效社会。如《蝶恋花·辛丑年重阳节》："九月重阳飘细雨。望远登高，烟霭笼千户。雁落衡阳飞故土。乡愁不绝如丝缕。"在重阳节这个传统节日，远在异乡的他想起了家乡的亲人。再如《贺新郎·壬寅岁清明所感》："独立清明节。恨东风、牵愁怅念，岁华更迭。地迥天高湘楚阔，一段微躯孤子。思故里、悲怀痛切。"他在清明节思念故土，湘楚虽然"地迥天高"，但奈何他本人却是"一段微躯孤子"，悲苦之情溢于言表。

热爱生活，寻觅雅趣。旭玉尽管家境贫寒，可是他勇于抗争生活洪流，微笑面对，此心夷然。如《浣溪沙·秋后晒制白茶》："福鼎西昆孔裔乡。管阳更有白茶香。金秋露重赋农忙。益友勤来尝玉液，良师幸至品琼浆。心田方寸鉴天光。"2019 年，他前往中国白茶之乡——福鼎，自己在野生茶林采摘茶叶，按照最原始的方法晒制白茶，其生活态度甚是可爱。再如《浪淘沙·畅游沅江》："豪勇正当年。沅水江边。青桐翠竹涌波连。此乐逍遥何所似，揽月邀仙。"这首词将一位搏击风浪、勇入中流的英武青年形象淋漓尽致地描绘了出来。

关爱学生，倾注热情。旭玉的诗句，清丽秀雅，饱含对学生的真挚祝福。如《江城子·祁东成章学子展笑颜》："华年逐梦赋成章。向朝阳。启新航。沐雨迎风，前路阔无疆。奋翅雄鹰今得志，飞万里，任翱翔。"希望他的学生可以大展宏图，建功立业，这是他作为老师最朴素的愿望。

古诗词是中华民族的瑰宝。能创作古诗词者历来被视为文人雅士，但这样一个古老厚重的诗学传统现在有后继乏人之虞。旭玉有"为往圣继绝学"的气象与抱负，他在古诗词创作领域一直笔耕不辍，不到40岁的年龄就创作出版了这本优秀的古诗词集，令人钦佩，值得庆贺。我坚信旭玉还会创作出第二本、第三本诗词集，会带给我们更多的惊喜。

有人说，文学是神圣的，热爱文学的人的心灵是洁净的。愿每一位有缘读到旭玉这本古诗词集的人，都捧着一颗洁净的心灵，走进神圣的文学殿堂！

是为序。

吴广平

2024 年 7 月 9 日于湖南科技大学

吴广平，湖南科技大学教授，中国屈原学会常务理事兼副秘书长，湖南省屈原学会副会长，汨罗市屈原学会会长，汨罗市委、市人民政府智库专家，湘潭市文艺评论家协会名誉主席，湘潭市全民阅读协会副主席。已出版《楚辞全解》《屈原赋通释》《宋玉研究》等著作。

目录

【第一辑】 词

【第二辑】 近体诗

【第三辑】 古体诗

词

八声甘州·向晚赏桃

沐余晖览景向西园，雅致醉婵娟。想人间殊物，春临绮丽，几占齐全。千里东风爽利，吹落众飞仙。淑气红唇出，玉树轻燃。

自有妖娆怪我，顾温情脉脉，尽日流连。叹浮生浪迹，凡性堕尘寰。负韶光、蝇名蜗利，忍回眸、笔墨染华颠。应恩汝，等闲穷达，以慰中年。

卜算子·返衡

花落谢清明，远路伤离别。山隐微云雾霭浓，晴雨分凉热。

满眼只蓬蒿，万语都凝噎。生死人间演艺场，参透真豪杰。

卜算子·癸卯岁教师节感怀

清爽杏坛秋，翠意千竿竹。叶舞西风逸韵生，劲节朝天蠹。

百亩郡园幽，阵阵香芬馥。秀色浓时雅意浓，月照篱边菊。

卜算子·贺孟晚舟女士回国

日耀太平洋，浓雾终消散。东海苍龙起怒吟，举目风云变。

渔父晚归舟，孟氏容光焕。舷立红旗映月华，永夜为晨旦！

卜算子·今夜难眠次苏东坡黄州定慧院寓居作韵

孤盏烛微明，校舍深沉静。却问高天那极边，起灭飞光影。

劫海渡来回，往事重参省。大梦浮生毕竟空，夜露凝香冷。

采桑子·赴中方县莲华寺不遇

清明问佛莲华寺，门掩黄昏。绿锁江村。极目中方天地浑。

人生幻灭随春梦，多少乾坤。几度销魂。唯有弥陀仰至尊。

采桑子·怀化市清心茶庄品茶

武陵春色延时序，初啜清心。再品知音。玉露仙泉值万金。

人间雅事能多少，一盏光阴。半碗沉吟。置酒分茶笑古今。

采桑子·暮秋

西风袅袅来天际，落叶飘寒。且醉清欢。玉露初临踏鼎山。

故园隐隐寻鸿雁，望断乡关。笛韵轻残。今夜霜花染鬓斑。

采桑子·西昆静夜思

青春如梦难回味，求道多年。亏道多年。佛号安心昼夜间。

经营家业忙生计，岂得余闲。竟有余闲。煮史烹茶别样天。

采桑子·壬寅年教师节

十年植树春光好，叶茂葳蕤。果熟参差。水阔天长景秀奇。

今朝赏月秋风暖，新画蛾眉。初浴晨曦。菊蕊香幽绕竹篱。

采桑子·暇日游永州市新田县宝塔山

硒锶南有新田县，锦绣江山。劲竹幽兰。塔上青云百丈阑。

倾城父老游园乐，朴雅衣冠。德泽开颜。国富民强万世安。

采桑子·中秋夜咏怀

当年北国飘明月，念断寒秋。浪迹悠游。院落萱凋痛不休。

今宵衡岳飞冰镜，望极深眸。徙倚山头。但愿椿庭草色幽。

采桑子·祖母九十二岁寿辰遥有此寄

人生鲐背应稀有，峻极南山。霜雪容颜。丘壑逶迤秀海寰。

酒斟玉斝醺金幛，伊阻乡关。梦祝斑斓。月影婆娑照我还。

钗头凤·爱妻

　　近日翻阅妻之旧照，思往事，情从中来，不能自已。适我七载，备尝艰难，湘西风俗，龃龉不合，长慕北土，触怀叹息。鞠育犬子，提携顾覆，冷暖庇护，日夜眷望。深恩崇德，何以为报，索《钗头凤》谱调，填词以寄之。

　　颜如雪。眉修洁。七年同我夫妻结。天寒冻。吹春梦。贯南横北，苦甘相共。痛！痛！痛！

　　芳华绝。心还烈。等齐风骨红梅节。真情纵。培材栋。此生恩德，锦辞难颂。重！重！重！

蝶恋花·白梅

白玉冷香多雅洁。粉嫩娇羞，笑映高山雪。傲立苍茫崇气节。骚人自古歌愁绝。

晓旭清寒凉透彻。一段风流，往事从头说。纵是柔肠千百结。夜阑怅望中天月。

蝶恋花·插秧

　　最美安江生水稻。初夏时分，学府农耕早。师父生徒行大道。诗书万卷田园好。

　　传统文化为国宝。濯洗轻浮，满月心头曜。我劝老儒常案考。乡间苦乐知多少。

蝶恋花·向晚至樱花园遣兴

醉里常愁春色老。逝水韶华，入世难逢笑。辜负清风明月妙。尘间至乐能多少？

李白樱红光彩照。扑面微香，生意萦怀抱。但得幽人时我造。一畴丘壑连芳草。

蝶恋花·辛丑年重阳节

九月重阳飘细雨。望远登高，烟霭笼千户。雁落衡阳飞故土。乡愁不绝如丝缕。

拄杖柴扉怀祖母。一片冰心，万里存严父。祁水清芬黄菊圃。盈盈脉脉流沅浦。

蝶恋花·夜游丽江古城

　　翠紫红黄灯闪烁。缭绕层云，一片天仙阁。浅醉幽香开夜幕。今朝不负前生约。

　　绿树堆荫巢乳雀。三角梅枝，墙外萌瑶萼。远望高山飞白鹤。玉龙吟啸盘丘壑。

定风波·归桑梓

辗转尘间已半生。轮回节序又清明。绿褪红残春景暮。行路。山头浅紫映浓橙。

落寞谁谙羁旅苦。乡土。堂前桃李自相迎。故友重逢皆畅笑。荣耀。龙泉壁上任长鸣！

定风波·剑

方外还成宇内游。消磨三十七轮秋。洒脱半生何所念。书剑。乘舟江海自风流。

万里沧瀛凭我宰。南海。鲸鱼煮水作珍馐。卧倒泰山随酪酊。登顶。等闲桑陆任沉浮。

定风波·郡永食堂神仙汤

喜饮人间第一汤。农家万菜润饥肠。萝卜柔芽经日晒。村寨。晴明场院散幽香。

切割细团盐浸瓮。情动。油煎水煮味飘扬。但得闲时尝半碗。重返。风华正茂少年郎。

定风波·失眠十数年次辛稼轩同调杜鹃花韵

甫入初冬即欲春。喧嚣聒耳夜中闻。病体难消留世住。飘雨。风携冷露黯伤魂。

隐约前朝环佩女。如数。盈盈笑语掩方巾。净土高飞凭作主。求取。尘缘了断伴仙人。

定风波·收挚友朱彦昭所寄茶书有感

自牧书堂课诵声。武夷山上碧云轻。谁抹冬晴温万里。朱子。茶香书韵尽真情。

联墨结缘冰雪月。风骨。当年伐木唱嘤鸣。福鼎难忘凉暑夜。迎驾。谈儒论道慰平生。

定风波·雨退天晴

骤雨初停喜欲狂。暴洪肆虐历灾殃。河涌山摇连地颤。忧叹。千村万镇陷汪洋。

华夏德行臻至善。迎战。先人治水有奇方。家国等闲遭剧苦。坚固。金秋依旧稻花香!

古倾杯·祁东成章樱花园赏春次柳耆卿同调
冻水消痕韵

　　二月东风，殷雷苏日，微雨新梳道。清幽瑞气，庭园锦绣，踯躅闲寻花草。女夷凤辇驰云，鸾铃杳杳。瑶台玉暖，香尘尽扫。乳燕来去，游子朝西远眺。

　　幸此刻、舒吾襟抱。对诗赋、樱花开早。看蝶憩梨枝，蜂餐油菜，一片骄阳好。高歌赶趁年少。算过往、强度生涯，何曾浅笑。梦里放荡，如今多少？

贺新郎·壬寅岁清明所感

独立清明节。恨东风、牵愁怅念，岁华更迭。地迥天高湘楚阔，一段微躯孤孑。思故里、悲怀痛切。愿托白云捎我意，正心香已共花香爇。听爆竹、更凝噎。

小园英落堆琼屑。瘗荒丘、向阳天气，有谁轻襭。学子寻春嫌不足，岂会缠绵离别。夕照里、哀肠绾结。人世几回追物理，况梧桐夜半鸣鹎鵊。风雨过、恁凄绝。

浣溪沙·接龙镇桥头村野鸡冲即景

梦里牛鸣送岁华。渐闻虎啸震山家。念乡人已远天涯。

贴毕楹联宜煮酒，置全祭品好温茶。浓情一曲浣溪沙。

浣溪沙·今日天色阴沉步校园次晏同叔同调
一曲新词酒一杯韵

欲解春愁举酒杯。数重怅惘绕亭台。飘然意绪逐时回。

甫过弱冠从冀去，已经而立入湘来。幽情叨梦独徘徊。

浣溪沙·农舍觅春

谁道风流似老杨。偕时尽日爱寻芳。春临郭外小农庄。

阡陌陈泥飘暖气，篱笆新土散清香。宜诗油菜正翻黄。

浣溪沙·品茶

书剑当年惯别家。柔肠今日绕新茶。微酥浅软亦清嘉。

休认湘京非海角，权当闽冀是天涯。人前常笑忆风华。

浣溪沙·祁东成章多雨次秦少游同调
漠漠轻寒上小楼韵

雨润成章望九楼。鼎山祁水梦深秋。桂花落蕊渗清幽。

松叶舒眉涵浅韵，樱枝敛颔冒轻愁。天然造化叹捶钩。

浣溪沙·秋后晒制白茶

福鼎西昆孔裔乡。管阳更有白茶香。金秋露重赋农忙。

益友勤来尝玉液，良师幸至品琼浆。心田方寸鉴天光。

浣溪沙·夜品东坡词

长恨年华岁月磨。青灯一盏读东坡。初心古法醒娑婆。

洛水清流涵峭骨，眉山爽气愈沉疴。秋来问道意如何。

浣溪沙·夜行中方县潕水河沿江小道

独自经行潕水边。夜长漏静不能眠。空闻波浪响涓涓。

只料青丝威壮岁，不虞白发戏中年。灯光远望照风烟。

浣溪沙·咏豆田

路外东篱意气荣。农家半亩豆田青。西风过处响泠泠。

共叶弟兄摇倜傥，连根姊妹舞娉婷。人间万物静心听。

浣溪沙·咏秋花

瘦损江南寂寞天。轻寒病鹤落江川。单衾凉薄不成眠。

秀逸风骚多沈约，清灵气色笑婵娟。西风遗我是娇妍。

浣溪沙·雨

人到中年独倚楼。怅然听雨洒初秋。无边往事任沉浮。

雾漫征程何处尽，烟笼归路几时休。星辉瀍水鉴清流。

浣溪沙·紫薇

尤物尘间属紫薇。红苞竞放绿枝肥。柔笼烟雨湿人衣。

秾艳无情皆已去，轻灵有意独将归。华清好梦莫相违。

江城子·拜读黔阳一中袁章良先生游记有感

九天文曲访康龙。问仙踪。蹑蒙茸。秋水盘桓，歌阕寄情浓。入眼苔花生绿意，缘涧石，傲虬松。

沅陵桂馥抹新容。满山峰。尚葱茏。丘壑萦怀，笔墨润襟胸。暖照黔城佳节日，吾与子，定相逢。

江城子·登西昆茶山

　　晨临晓镜鬓添霜。梦新妆。少年郎。似水流年，几度泛秋凉。颠沛难言违故土，唯执念，道如常！

　　拜师千里孔家邦。启彷徨。复徜徉。前世今生，着意觅心光。逢问西昆何处好，儒礼古，白茶香！

江城子·独宴

老夫权作少年郎。夜宵香。郡园旁。击碎闲愁，玉爵满琼浆。不管苍颜爬褶皱，英气散，落秋霜。

流离颠沛返家乡。念慈娘。泪滂滂。六载风寒，茔兆倍荒凉。半寸孝心无处敬，空秉笔，撰辞章。

江城子·好友杨先生以物寄予感其意

先生清德著江城。重文名。鉴真情。数载耕耘，教育壮征程。回首芳华勋业奕，扬玉振，发金声。

冰心一片最忠贞。国旗擎。向风迎。万水千山，此处正光明。唤起满天星月梦，湘楚阔，颂峥嵘。

江城子·黄昏赏景

　　老夫偏爱少年狂。步村旁。赏花香。切莫迁延，辜负好时光。大地回春山水秀，风渐稳，破冰霜。

　　满园油菜透金黄。点新妆。暖心房。沉醉深情，人笑又何妨。岂怕黄昏无事乐，莺雀闹，谱诗行。

江城子·游丽江古城

老夫秉笔觅花行。丽江城。晚风轻。古道长廊，巨手雅题名。一带清溪流石涧，闻酒馆，动歌声。

红男绿女笑颜盈。爱真诚。最深情。遥望苍山，隐约玉龙明。大理逶迤三百万，召唤我，向天鸣。

江城子·祁东成章学子展笑颜

华年逐梦赋成章。向朝阳。启新航。沐雨迎风，前路阔无疆。奋翅雄鹰今得志，飞万里，任翱翔。

书中义理写诗行。卷平冈。过重洋。击水长歌，拔剑啸苍茫。大考题名凭折桂，还看我，少年郎！

江城子·夜梦先妣

凄凉四载隔黄泉。想容颜。每难眠。梦里相逢，迎面泪涟涟。慈母一声还未发，先问我，顾周全。

两双望眼看将穿。盼团圆。暖心田。软语甜言，对子笑嫣嫣。最恨春晖难永驻，鸡报晓，幻云烟。

江城子·与妻结婚十周年纪念

十年相恋却相离。梦佳期。总违时。辗转营生，霜雪染蛾眉。九载为娘凭大义，风雨历，育顽儿。

虽逢贫贱志难移。屋摇基。落墙皮。灯下攻书，残影更清羸。一曲新词歌不尽，多少爱，泪纷披。

金缕曲·赠贾善运贤兄次纳兰容若同调赠梁汾韵

善德珍珠耳。运诗文、增辉学子，便雄科第。夏楚讲坛师道振，桃李葳蕤春意。从古哲、修身克己。岘首山巅频望月，念古今、代谢长抛泪。还读赋、酹江水。

毛公字句时迷醉。怅精微、几人探赜，矧遭猜忌。灼见真知千古少，自会钦崇不已。俾凡俗，幡然愧悔。与尔神交将半载，化嵇康阮籍辞章里。迎旭日、务铭记。

浪淘沙·安江仲春晚景图

　　无语立残阳。欲挽韶光。湘西绝景秀黔乡。可恨流年
长易老，何处芬芳？

　　客境梦花伤。红紫青黄。消愁唯有觅辞章。人世难逢
开口笑，知足安康。

浪淘沙·畅游沅江

豪勇正当年。沅水江边。青桐翠竹涌波连。此乐逍遥何所似，揽月邀仙。

冷眼看人间。有梦难圆。柔肠百转总萦牵。放手抒怀图快意，永焕容颜！

浪淘沙·游大理南诏风情岛

　　南诏最深情。夏日柔晴。天光云影水声轻。洱海渔歌传百里，月下风生。

　　建邑太和城。史颂繁荣。协和民族创峥嵘。蝶变云南飞大理，彩彻区明。

临江仙·庚子年母亲节有感

三载阴阳天地老，相违尚念亲慈。堂前楦木故葳蕤。

儿孙徒别去，尘世不胜悲。

数纪风霜恩德重，梦中几度凝思。欲形懿范寡文辞。

西方寻佛国，菩萨舞莲池。

临江仙·癸卯清明家族两老人同日仙逝

乡野春归花事晏，微寒萧索清明。杜鹃啼血付哀鸣。

荼蘼香已少，雨打夜三更。

大梦人间谁醒悟，等闲死死生生。此心原自落空灵。

真情何处是，怅望满天星。

临江仙·怀化市中坡山菩提寺春日

满目风光何处是，菩提寺外山花。红肥绿硕灿如霞。
白云飘碧宇，紫气润千家。

人海苍茫谁入定，空门自有清嘉。青灯古佛伴年华。
灵台勤拂拭，寂灭净无瑕。

临江仙·中秋节探望姐姐有感

佳节中秋今又到，尘寰万户团圆。一轮明月咏婵娟。

亲情浓桂馥，暖意淌心间。

旧事回眸清泪洒，几多苦难流年。千钧吾姊力承肩。

袁家风景秀，幽菊最鲜妍！

临江仙·自咏

回顾华年何所有，西风漫卷诗书。半山菊蕊映茅庐。
清霜凌竹后，索句欠毛驴。

偶入禅房参妙理，玄心解悟空虚。今宵月色竟何如。
幽人随梦远，秋水照红蕖。

满江红·福建舰下水有感

浪急云长，龙啸吼、远洋深穴。腾跃起、转身回望，雨狂风烈。驻足休眠原野尽，昂头进食江河彻。入东海、万里恣遨游，寒流热。

百年化，驱大鳌。千日变，成钢铁。庆中华巨舰，武功奇绝。鹰隼觊觎愁不死，豺狼环伺忧难灭。酹昆仑、蟊贼饮刀锋，英雄血。

满红江·访湖南日报社报史馆

笔鉴风云，真史记、百年党报。回首看、崭新天地，巨文创造。秋水长篇崇德义，春花短阕涵经教。岁华转、不变为人间，阳春告。

求真理，擎大纛。经济策，宣传到。想鲲鹏嘹唳，雀鸦停噪。治化匡扶时远望，舆情甄判频高蹈。领全民、风景赞湖湘，长微笑。

满庭芳·两载成章

前日，学子家长问我：尚在成章否？吾应以家中老人疾革，缠绵病榻，合以情理，未许离家千里耳。然成章学子之风采，挚友之厚谊，同事之和洽，皆深印于心，不可谖也。今得长郡中学试卷，见苏子瞻满庭芳词，涵泳再三，和其韵以寄吾情。

两载成章，梗楠杞梓，插云多见魁峨。烛燃情愿，衰鬓日增多。喜看鲲鹏奋翅，飞北海、万里长歌。偕诗友，超然物外，潇洒学东坡。

如何。人事理，时光迫促，倏尔穿梭。谱秋月词章，几度平波。且待西风拂桂，谁赠我、一畹琼柯。君相问，扁舟溮水，寒雨瘦烟蓑。

满庭芳·壬寅岁元夕

　　雨霁风回，翳霾渐散，玉鹤飞动清霄。每逢佳节，桑梓远天遥。几度梅开雪落，今又是，正月元宵。回眸处，龙灯歌舞，烟火退寒潮。

　　飘摇。思过往，春空梦冷，绿瘦红消。倩谁掬山泉，为洗征袍。闻说衡州绮丽，扶修竹、闲赏云苗。东君报，伸枝桃李，明日更妖娆！

满庭芳·夜登帽子坡俯瞰怀化市全城

万里谋生，常年作客，几度心系家园。梦中花信，谁为寄门藩。泪滴舆图一片，雪峰麓、绿抹幽村。沉浮际，芳华老尽，酒醒更何言。

销魂。游子意，平林碧杳，鸦落黄昏。醉秋色无边，染遍乾坤。浅笑依然洒脱，华灯上、细觅诗痕。凝眸处，浓情润墨，笔底涌春温。

南乡子·觅新春

何处觅新春？深树鸣鹂更可亲。橘蕊初开多少意，清淳。无限芳华绕竹筠。

老叟喜为邻。雄健晨鸡报晓频。手捻桃枝香气足，轻匀。染尽青梨是白椿。

南乡子·西昆即景

晴日爱春光。梅绽西昆醉异香。寒雨阴云终不见，徜徉。

竹海茶林彩蝶忙。

千里梦潇湘。民俗风情亦故乡。踵武先人成德业，汪洋。

谁问红尘琢玉郎？

念奴娇·感恩同窗杨圣材襄助因有所寄

秋高素净，念清梦，斜挂村头杨柳。一片彤云飞洒去，新雨应淋山后。野兔窝低，珍馐枞菌，松下连千亩。蕨栖肥雉，东篱恰合斟酒。

江海多少沉浮，而今算是，君我情长久。自古相然推义气，仰望经纶翻手。太白诗才，稼轩肝胆，桑梓烦相守。夜来黄鹤，接龙湾里知否。

念奴娇·抒怀次辛稼轩同调为沽美酒韵

　　数斤铁骨,秉纤笔、慕想高人风致。凌雪红梅来梦里,拂晓满身清气。老子当年,走南闯北,殊有骑鲸意。江湖浪急,故寻文赋沉醉。

　　犹记兰若檀香,金经梵呗,恍惚归前世。茶酒四时参物理,半盏艰辛生计。相貌巉然,不偕俚俗,薄命难豪贵。大千终释,莫如权赏徘戏。

菩萨蛮·即事

红尘生死寻常道。等齐夭寿开怀抱。大梦起轮回。人生真舞台。

烝尝哀孝子。了悟同悲喜。宅兆落青山。明年无旧颜。

菩萨蛮·山村微雨次李易安同调风柔日薄春犹早韵

清明佳节为时早。村笼酥雨妆容好。惊蛰润山寒。云游晓梦残。

情浓茶里是。法味留人醉。幽寺晚香烧。愆尤万古消。

菩萨蛮·望远

秋高云窅思鸿雁。征途不改天时变。振翅御西风。腾飞心气雄。

夜来悲岁月。功事残如雪。莫怪笑癫痴。曾经幽梦迷。

沁园春·袁家省亲

日丽风柔，惠景清明，故里省亲。溯沅江滉漾，岔头阡陌，蒋家集市，满目浓春。李馥桃芬，禽鸣犬吠，一派祥和气象新。田畦上，数金黄一片，浪漫无垠。

行人抖擞精神。感苏醒、生灵喜及辰。念情深手足，身沾姊泽，家严训诲，至道敦伦。犹记当年，提携顾我，千百艰难最苦辛。唯祈愿，看民强国盛，福乐齐匀。

沁园春·安江

盛夏时分，独立安江，意气正雄。想一川逝水，波朝
大海；千年万载，变化鱼龙。高庙文明，湘西稻里，日月
精灵毓雪峰。思鏖战，念运筹帷幄，关圣幽宫。

山河此地宜农。更锦绣、黔阳望学宗。纵豪情睥睨，
长沙雅礼；高才眺瞩，怀化三中。荆楚群星，经天纬地，
礼敬英雄毛泽东。须今日，趁阳春妩媚，植遍青松！

沁园春·拜谒韶山

远望韶山，日出东方，一代伟人。恰星分翼轸，荆州禹贡，乐朝百鸟，舜帝栖身。毓秀钟灵，物华天宝，反手乾坤锦绣春。金秋节，喜稻香桂子，涌玉流银。

清嘉世上无伦。引神往、心驰亿万民。信雄才大略，光辉今古，寰球睥睨，宇宙经纶。云水奔腾，风雷激荡，社稷长青气象新。千年后，看诗文映月，闪耀星辰。

沁园春·贺中国人民解放军建军九十五周年

日照红旗，巨变沧桑，九十五年。忆南昌炮响，神州鼎革，龙腾海啸，辟地开天。汉口夯基，正源建党，改制清流溯古田。风云起，念艰难抗战，护卫山川。

今朝更易新颜。庆豪杰、扬眉几万千。喜太平洋上，航空母舰，劈波斩浪，气定神闲。使命光荣，东风导弹，团结坚强反霸权。强梁国，看人间正义，竟在谁边？

沁园春·郡永高三语文组同人雅聚

九月秋浓，雅聚同人，畅饮趁时。念滨江小院，黄花妩媚，香飘韵散，桂树低眉。云抹遥山，霞皴近水，一点微红漾酒卮。高天极，望乾坤广阔，雁字参差。

人间奔走何为。最欣悦、新交若故知。想炎凉世态，须臾冷暖，亲疏名利，俯仰推移。鱼尾罡风，牛头鸿运，润泽羊毫最适宜。君休笑，会诗情熟透，已压东篱。

沁园春·毛主席诞辰一百三十周年
次其同调雪韵

　　岁月飞驰，暑往寒来，宛若电飘。想方今寿诞，全民念念；来年锦绣，举世滔滔。解救苍生，追寻真理，伟业丰功万代高。春光里，看山河南北，一片妖娆。

　　文章绝胜多娇。记精读、沉吟为沈腰。叹乾隆洪武，难齐胆略；苏辛李杜，不等诗骚。庇佑中华，湘江岛上，意气昂扬白玉雕。龙腾啸，泽寰球福惠，正在明朝。

沁园春·祁东县归阳镇同王君云林贾君
善运观湘江

春暮时分，漠漠轻阴，古镇渡头。看归阳地阜，舒眉锦绣；湘江浪急，入眼浮沤。鱼跃鸢飞，花繁草盛，为赏天光最上游。槐枝老，阅唐云宋雪，卧凤盘虬。

人生难得佳俦。赏奇景、消磨世上忧。想粗狂子路，谦恭赤也；冉求谨悫，并效良猷。输我曾生，怡情养性，歌咏雩台万事悠。思今后，念兰亭气度，最是风流。

沁园春·夜访橘子洲

夜访长沙，橘子洲头，世纪伟人。望高楼璀璨，金光熠熠；湘江澎湃，碧浪粼粼。杜甫雄才，新修阁馆，一片琉璃净俗尘。凭瞻仰，赞青年领袖，壮美无伦。

文章家国经纶。择师友、金声玉振亲。树凌云壮志，群科邃密；野蛮体魄，锤炼精神。气慑乾坤，心怀宇宙，名利空空任屈伸。同侪里，问谁能共我，手摘星辰！

青玉案·次元遗山同调落红吹满沙头路韵

　　伤怀满目流年路。再回首、芳菲去。梦里歌吟能几度。双重佳节，故园千里，泪洒登高处。

　　长空雁叫西天暮。多少风流送清句。赋到轻狂偏自许。一枝纤笔，两方宣纸，三月潇潇雨。

青玉案·次黄山谷同调至宜州次韵上酬七兄韵

中年回首人生路。但伤悼、华年去。天意世情凭测度。

沉浮穷达，默然无语。梦驻心深处。

禽鸣紫翠还春暮。笑我芳丛觅佳句。壮志耗磨都几许？

微光暖照，樵村渔浦。醉卧斜风雨。

清平乐·除夕飘雪

纷飞瑞雪。南国逢佳节。万里乾坤皆白彻。不见寒流凛冽。

江山锦绣绵延。明朝烂漫丰年。雨水浇肥大地，无边秀丽园田。

清平乐·穿越雪峰山隧道

千山万水。游历人生美。洞见禅思风景里。大苦恒随大喜。

雪峰山势称雄。今朝怀邵相通。仰望苍天浩宇，挽弓射落飞鸿！

如梦令·大年初一

万里雪花飘溢。千户泰和安谧。爆竹忽升空，正是大年初一。知悉。知悉。往后顺心清吉。

如梦令·寻梦

落叶秋高风送。峡涧幽兰霜冻。不见菊花黄，淡雅香飘超众。寻梦。寻梦。尘世几人堪共？

水调歌头·为刘海燕老师饯行

何处少离别，挥手又今朝。湘西极目千里，雾霭锁萧条。数点飞天鸿雁，犹带边城秋色，玉影没云霄。高铁入南站，此去路迢迢。

人与事，常流转，逐风飘。几多相聚，繁华归隐是清寥。我有新词一阕，赠子浓情万斛，块垒酒中浇。大美在山水，年月自逍遥。

水调歌头·溮水河游泳次毛主席同调游泳韵

溮水候迎我，徒手捕雄鱼。抬头仰望天日，霞照庆云舒。酥软清风拂面，河岸流光溢彩，万里览无余。老子起浓兴，正好显功夫。

大蛇斩，苍龙缚，绘鹏图。江南北国，春华无尽踏征途。吟啸中坡山上，矗立张家界顶，卧倒洞庭湖。遥拜五台月，妙笔赐文殊。

水龙吟·向晚至黄花公园赏景

烟收霭散云消，黄昏初夏寻幽趣。半池绿水，一山奇石，满园翠树。夕照金辉，氤氲淑气，物华清暮。逝春芳多少，等闲凄落，莫须叹、流年误。

算我人间逆旅。恁良辰、偶然相遇。蠹鱼书册，徜徉光景，襟怀纯素。翌日重来，更添潇洒，冰心如故。遣柔肠作化，妆诗菡萏，梦应无数。

望海潮·咏安江

　　城宁沅水，名驰怀化，安江雅号黔阳。硖府史风，龙标文迹，绵延历载辉煌。世纪履沧桑。正中华大地，再谱篇章。士贾农工，经营辐辏耀潇湘。

　　钟灵毓秀芬芳。记隆平稼穑，稻米飘香。千亩橘园，劳模德范，钦门万友生光。彩笔抹平冈。易舆图妙境，荆楚春妆。他日还看学府，德艺领新航！

望江南·次苏东坡同调超然台作韵

　　游孔里，曲径探山斜。二月东风柔未熟，更于何处见春花。是处落吾家。

　　来福鼎，佛国更咨嗟。几户丈人耘旧圃，谁家农妇采新茶。莫负好年华。

望江南·俯瞰沅江

　　江水阔，绿树白鸥翔。几阵幽情凭远眺，云层深处是家乡。暑气溽黔阳。

　　回首处，炎海化清凉。多半消来前世业，些微赢得此生妆。佳丽倚何方。

西江月·好友祁东聚餐

故里常随浅笑，他乡暂聚清欢。满天星月醉杯盘。几
度浮生看淡？

暖日熏肤意惬，微风拂面心宽。湖湘豫鲁共山峦。珍
重难留怅憾。

西江月·获赠德成书院张院长贵礼

红米三斤梦暖，白茶半盏春温。一封书卷恋儒门。万里烦君恤问。

佛说龙腾北海，道云凤羡西昆。英雄寒瘦老山村。张拱相迎感奋。

一剪梅·冬夜听雨

　　天遣微寒到鹤城。薄暮光斜，砭骨风鸣。梧桐叶滴冷千家，远望温馨，万户灯明。

　　人至中年岁月更。起落沉浮，心事将平。为知梅韵渐浓醇，翌日云高，曲赋新晴。

永遇乐·回顾过往感慨万千次辛稼轩同调
京口北固亭怀古韵

　　微雨斜阳，故乡消息，明月何处。浪子风尘，京华学艺，
冀北还漂去。八年梦远，湘西往返，慈母寿延难住。怪当时、
单身赴外，猛追名利骑虎。

　　湘潭益友，长沙高就，往事不堪回顾。怒马鲜衣，只
今留我，独上崎岖路。大云千仞，扶摇鹏翅，还振芳华旗鼓。
浮生短、归来定笑，析分是否。

永遇乐·戏赋杨字自勉

今日授课，宣讲辛稼轩《永遇乐·戏赋辛字送茂嘉十二弟赴调》，颇有兴味。辛氏一门，铮铮豪杰，辉耀青史，尤者乃稼轩，文武兼擅，古今为鲜。遂填同调长短句，以抒吾怀。

千古风流，百家人物，还看杨氏。望出弘农，关西硕德，孔学传夫子。荣昌奕叶，三鳣蠲瀹，清白四知镌耻。卫家园、功崇虎将，满腔忠义谁比？

儿孙纂绪，光追先祖，好趁明时奋起。举世纷纭，行藏高蹈，书剑寻真理。笑渠精致，蜗名蝇利，信乃英豪不齿。雪峰麓、红梅正绽，馥飘万里。

虞美人·登玉龙雪山最高观景台

　　神山入梦知何处。雾隐仙人语。前生作约几曾违。逆我攀岩昂首玉龙飞。

　　迎风呼啸情豪迈。俯瞰三千界。诗融冰雪润江川。直驭雄鹰万里动云烟。

虞美人·宽怀

人生几度宽心笑。得失常萦绕。因缘业力逐高低。何必忧愁蹙额叹东西。

年余三十难回首。`往事融杯酒。未来尚有好春光。但愿东坡助我吐辞章！

雨霖铃·壬寅岁清明节怀先妣

　　风摧柳折。子规迷雾，夜半啼血。春寒草木凋谢，花悲冷露，山溪呜咽。遍地青烟白纸，正肠断千结。念故乡、萦绕愁怀，杏雨清明序时节。

　　天伦卅载轻离别。恸当年、水落伤心彻。孟宗向谁哭竹？萱树下、泪泉枯竭。刻木丁兰，莱子斑衣，此情凄绝。况已是、幽梦承欢，鬓发飞霜雪。

鹧鸪天·次范石湖同调休舞银貂小契丹韵

颜面妆新粉渥丹。祁东千里梦家山。红梅灼灼幽幽鉴，翠竹猗猗蓊蓊看。

千种苦，万般难。茶江诗海鬓添斑。明朝衡岳多奇景，虎啸深林破薄寒。

鹧鸪天·桂花

桂花馥郁溢校园，晨夕吸闻，心旷神怡，是以填长短句，次李易安同调桂花韵。

糁碎清风入梦柔。可怜缱绻不多留。丹唇翠袖难长住，唯恨金宵逐夜流。

花月事，忆娇羞。江南小院艳深秋。隔阑红粉虽搔首，雅韵高标自可收。

【第二辑】

近 体 诗

辗转多地有感

燕赵程回踏越吴，

洞庭波涌雪峰孤。

青春追梦芝兰苑，

不放韶华过漏壶。

游安江夜宵街

天宫街市斗繁华，

玉府祥光暖万家。

何处清香留客醉，

白荚绿蚁煮红茶。

拜读王为美老先生文章有感

人间自是有真情，

王老恩浓益后生。

蝶恋花香花梦蝶，

苦心回首泪晶莹！

拜谒湘西会战指挥部旧址

王君功绩耀沅河，

千古犹传正气歌。

劝敬英雄读青史，

伤风感月意如何。

采茶体验

千问千寻千处宣，

一株一摘一陶然。

大洋山有真茶水，

缭绕清香福鼎天。

采 蕨 菜

春入深林赋采薇，

穿花燕子正群飞。

师生但得同甘旨，

佛意方称不敢违。

尝沙县小吃

黎民饮食重于天，

自古君王理政先。

沙县品牌传世界，

全新时代更鲜妍。

春　叶

满地春愁飘翠雨，

风回人定动诗情。

树头绿瀑垂三丈，

老谢新萌又一程。

读《金刚经》

夜阑人静读金刚，

佛解诸空释狷狂。

玉露沾衣浑不觉，

深思清味卷生香。

读王龙标黔阳送友人诗句有感

水绕黔城月满冈，

诗情浓郁抹春伤。

读君七绝昌龄齿，

千古风流是故乡。

庚子年腊月廿八回乡

故乡人事倍萧条，

尘海苍茫入梦消。

可惜门前梨树雨，

当年洒落外婆桥。

观洪江古商城家训展馆有感

洪江怀化古商城，

族训家规集大成。

唯楚有材于此盛，

星辰大海又征程。

次陆游暮岁梦游沈氏园亭诗韵

中年休要说新春，

醉酒权欢梦里人。

情薄渐缘天地老，

浮生悲喜幻烟尘。

贺项唐二氏新人完婚

禀赋超常美誉夸，

春深庭院梦雯华。

心包宇内持瑶瑾，

厚福垂临积善家。

黄同学立志服兵役有感

青旗白石卷黄沙，

天地苍茫宇内家。

勤悫丹心扬利剑，

冰川铁马卫中华。

回乡有感

虽无衣锦回桑梓，

更有浓情返故乡。

父老邀余茶酒盛，

野鸡冲外满天香。

晨起步行

竹里桃源感物华，

山湾九曲到仙家。

吾人只爱修书乐，

更赋西昆老白茶。

秋　兴

故国乡思入我心，

西风吹雨落秋林。

浮萍水鉴幽人影，

缥缈能于何处寻？

泉州火车站候车有感

福至心灵净土前，

行人礼遇信深缘。

晋江最喜春风暖，

一缕心香洒大千。

深山品茶

当年陆羽煮茶真，

流落人间几世春。

壶里清香留岁月，

山中饮露笑风尘。

宝　剑

夜翻朋友圈，见昔日所作豪放词两首，顿生感慨，遂入书房寻剑。

千钧肝胆壮中年，

一剑微光敢刺天。

不信由来居鄙贱，

明朝入海割龙涎。

书味融茶

曾经福鼎难为俗，

除却西昆不品茶。

经史箴言知己道，

半间书屋半间家。

丝雨微风

十分春景六分阴，

明暗徘徊少女心。

谁奏天宫筵席曲，

翻为尘世葬花吟。

送子福鼎求学

跋山涉水几重天，

携子将妻学圣贤。

鼎建杨门百年业，

了凡福德载心田。

晤 仁 者

迎送明师朱彦昭，

春风化雨惠英豪。

心光传远凭悲智，

看取山花映路桥。

戏 犬 子

顽儿欢喜小人书，

礼义何时入广居。

三字经文全不读，

浑茫尚似自然初。

乡野黄昏

满目青山浴晚风，

乡村大美夕阳红。

江河锦绣新时代，

故里温情暖梦中。

新　征　程

囊书钵墨走湘天，

仿佛追风再少年。

日暮何辞路途远，

衡山云气润诗篇。

幸至泉州

上古天祥晋闽侯，

此生长伴圣贤游。

何方妙语菩提道，

却下泉州到福州。

休假探亲

良辰省望到袁家，

水秀山清信永嘉。

鲤对叨陪朝夕愿，

秋篱赏菊试新茶。

咏　梅

山梅寒雨绽西昆，

香气漂流绕古村。

向晚心宁探书卷，

鸢飞鱼跃试春温。

多年问道求学有感

男子当图万代名，

非求科第博虚声。

此行艰苦谁知晓，

暮鼓晨钟兀自鸣。

远　眺

衡州天色阔，取景望高层。

昼敞千间室，夜明万盏灯。

攀云情每旷，摘月志频增。

北海游何日，追风驭大鹏。

返乡有感

暇日思行孝，回乡问至亲。

屋场轮廓老，村落面容新。

肉软弥堪醉，笋香更足珍。

玉杯浮浊酒，雅颂长精神。

次杜子美奉酬李都督表丈早春作韵

东风融瑞雪，淑景洗初春。

晓雨怀游子，暮云感远人。

莫言容貌老，只任气神新。

西望家山路，遥迢不染尘。

回乡省亲

岁月蒸朝露，难忘是老家。

登高阡陌直，眺远涧溪斜。

羊脚香酥辣，虀肩软脆麻。

重阳诗赋韵，幽梦动黄花。

侍 祖 母

山村逢雪霁，游子谒家园。

瑞气腾幽阁，和风拂小轩。

情深怀父祖，德厚惠儿孙。

敬老吾惭甚，堂中佛一尊。

夜　思

仰首观天宇，星稀夜寂寥。

风寒千迹灭，露冷万声消。

魄出穿唐代，魂移越宋朝。

古今同一梦，酣醉悟逍遥。

聆听佛乐有感

年来空我性，雅爱访高僧。

曲播初回义，经敲最里层。

寒山千仞雪，苦海一枝藤。

芥子须弥老，谁人足厌憎。

品　美　食

夜宵无美味，卤鳖喜尝鲜。

酒淡能开席，茶浓可置筵。

辣椒充腑内，姜末洒裙边。

尤物涎缁素，谦光早佐禅。

独享晚餐有感

夕至中方县，披襟浴晚晴。

群居虽乐意，独处亦欢情。

七载寒虚灶，一时暖满庭。

谁怜光景好，为我叩心声？

寄杨照坤

　　陕西师范大学研究生杨照坤来校应聘语文教师，试讲
杜子美《登岳阳楼》。吾次其韵，以藏头诗寄杨照坤。

　　　　　　杨家英俊子，醉酒爱登楼。

　　　　　　照照华文秀，澄澄洁质浮。

　　　　　　坤仪型睿岳，乾德举虚舟。

　　　　　　行路凭中正，风姿岂俗流？

迁办公室有感

五月时移夏，办公好正名。

启窗闻木秀，推户感虫鸣。

室雅梅仍绽，心宽竹亦青。

自今怀古趣，不必羡兰亭。

访 舅 舅

连天逢溽暑，向晚鹤城凉。

啤酒烹汤美，西瓜拌肉香。

窗宽爬草绿，墙厚卧梅苍。

偷得浮生乐，举杯笑意长。

庚子年生日抒怀

独立安江独庆生，静思过往万千情。

曾登大岳舒眉望，今涉平江放眼行。

年少离家求道法，龄丰返里悟儒经。

浮生我亦长欢喜，鹤舞云天笑雨晴。

贺家严七十一岁寿辰

修儒慕道忆当年，忠孝从来不两全。

吴猛饱蚊经典颂，仲由负米史书传。

弟兄恩笃今生义，父子情深夙世缘。

我愧难追前哲踵，诸般祈愿寄诗篇！

拜谒粟裕故居

钟灵毓秀百年樟，侗族男儿曜庙廊。

七捷沙场曾勇毅，两辞司令更芬芳。

外交勋绩联洋国，内政宏图建海疆。

我愿希贤凭一粟，且携纤笔写华章。

赴洪江市黔城镇家访有感

杨柳垂丝更有情，仲春景日照黔城。

亲师协虑循周礼，家校联心继宋声。

朱印黄笺升段位，白毫玄墨展功名。

如能老凤携雏凤，何妨千里赴此行？

病中偶书

多年愧我甚清贫，世上珍馐未入唇。

螃蟹偶尝悭币帛，蛤蟆曾品惜金银。

遭逢社日空痴笑，值遇年关辄浅斟。

寄语病邪休肆虐，作诗一首振精神！

赠 表 弟

　　表弟杨祥授书于杭州，恩师陈伏坤过苏杭，闻信而礼焉。弟少吾六岁，谦恭有节，善启功书体，沈俊飘逸，吾不能及也。乃诉深情于尺牍，兼怀陈兄伏坤德义。

清流石宝沃家乡，杨氏宗人毓吉祥。

兄已无名蒙德泽，弟还有望泼书香。

三年取友观文董，九载承师学赵王。

欲摘雪峰山上月，寄吾素意到苏杭！

次陈履常和南丰先生出山之作韵

如磐风雨待天明，壮志希澄海内清。

案牍时传闻睿智，诗篇每诵见深情。

宜扶君上非图贵，合报黎元岂惜生。

千古圣贤箴训在，吾今为尔赋长鸣！

次杜子美和裴迪登蜀州东亭送客逢早梅相忆见寄韵

梦里夜郎黄鹤老，邵州东指望衡州。

人情幻化销原委，物态迁移隐事由。

铁骨附离千种恨，冰心融解万般愁。

宝刀寒气朝天射，云伴东风最上头。

参加祁东县高三年级教研会有感

秋日黄花甫落妆，杏坛竞技演兵场。

盘盘妙语奔鸿笔，汩汩奇思绣锦章。

初觉文风齐女子，终知才力过儿郎。

若能不惜衣冠洁，下水青莲采更香。

乘飞机出行有感

登机犹忆十年前，漂泊南疆北国边。

黄犬无情嘲赤子，白云有意宅青莲。

仙乡万里临仙阙，佛号千声拜佛天。

碧落黄花丽江满，雪峰挂月雪连绵。

初入郡园

书生意气游名郡，九畹芝兰馥逸尘。

一卷诗书消永日，卅年怀抱蕴长春。

艺苗不必辞风雨，酿蜜何须问苦辛。

顾恤复还尚威德，才高金榜曜星辰。

除　夕

芳华回首已中年，却喜新风拂旧天。

甫解大愚宽气节，更行小善沃心田。

红颜逶逝苍颜近，黑发稀疏白发绵。

忍字一门箴训绝，春光璀璨雪峰前。

春日怀先妣

风和日丽贵清安，小涧流淙破薄寒。

乡土依依唯少乐，天堂暖暖更多难。

常思搏节人情厚，恒记敦行世路宽。

春色佳时朝佛国，莲花池里绚波澜。

忆　春　温

尘世难逢开口笑，文章深处忆春温。

辛酸回看余灰迹，艰苦追思满泪痕。

桃郭酒烹酥白昼，梨园曲奏醉黄昏。

八年偃蹇难伸志，今日晴明感子恩。

村野晨趣

幽村新雨洗空山，户舍田畴换旧颜。

一幕烟岚浓淡外，半篱瓜蔓密疏间。

辣椒眨眼由撩逗，豆角舒眉坐赋闲。

父老忭欢相劝我，清诗可爱写斑斓。

答 挚 友

十年憔悴落烟尘，未敢人前叹苦辛。

随俗亲朋趋富贵，怀真妻子耐清贫。

禅风浸鼻酸遮目，诗气弥喉涩锁唇。

鹤舞沅江晴日丽，凭君存问长精神。

大坳头乘凉

接龙石宝入双眸，闲坐凉亭大坳头。

树沃黄坡成绿地，风吹炎夏化清秋。

酣歌应长千斤乐，小睡宜祛万斛愁。

此处销魂诚第一，深山妙语是斑鸠。

悼念国士袁隆平

忍看神州殒巨星，绵绵细雨黯征程。

天寒地冻乾坤冷，风咽云悲日月冰。

九十年华荷韵满，万千田垄稻香盈。

先生驾鹤飞仙阙，长使英雄意不平。

冬日大降温

霜落千家万户门，一朝沆瀣势倾盆。

陶潜已化良朋魄，和靖初招令正魂。

燕雀纷呶虽有迹，鱼龙蛰伏固无痕。

长天辽阔来花信，玉屑银砂动晓昏。

冬日心迹

故里漫漫跂望赊，天光不若晚秋佳。

离情常盛偏观弈，归思将浓合煮茶。

父子穷经披雾霭，夫妻举案对烟霞。

家严嘱我添衣物，多少襟怀付岁华。

冬雨不止

绵绵冬雨落陵阴，玉鹤难飞宿故林。

雅曲频歌眠古寺，佳音时啭唤幽禽。

轻翔不惧晨曦薄，高翥安辞暮霭深。

夜色苍茫何处去，雪峰山顶翠寻寻。

赠杨建章

建章又名圣材，乃吾同窗。吾值困顿，彼秉义襄助，

吾铭感五内。

笔墨才情意气扬，千秋功业建华章。

欣尝世味如禅味，喜品茶香似酒香。

北望京华依陋巷，东观大海立高冈。

桥头村里飞龙虎，大坳亭碑记故乡。

端午节永州探亲

挈妇将雏已十年，每逢节庆不团圆。

春花香冷愁稀墨，秋月光寒泪湿笺。

孤客易怀孤客梦，阖家难享阖家缘。

营生哪日归桑梓，相伴观鱼赏杜鹃？

端午节游宁远县文庙

湘楚黎民祭屈原，九嶷潇水悼诗魂。

修身气节千年续，华国文章一脉存。

正色瞻贤中道殿，端容教子大成门。

我今秉烛勤求索，泼墨挥毫必立言。

读迟子建《额尔古纳河右岸》有感

雪原林海游驯鹿，冰水神山世外人。

民族百年生死续，文明千古盛衰因。

蕨生青草常沾露，菌发苍苔不落尘。

礼敬温良鄂温克，馨香溢卷咏芳春。

二月二恰逢朱砂梅盛放

吉日青龙首已昂，幽人晚夕爱寻芳。

山茶妩媚韶颜赤，油菜妖娆秀发黄。

曾棨秾华富才气，林逋鲠峭洁诗章。

朱砂万点迎春信，一朵娉婷入梦长。

返 衡

两年消息在祁东，一介书生意气雄。

桂苑题联欣赏月，杏坛泼墨好冯风。

妻儿颠沛心弦屈，祖父衰颓视界蒙。

生计无聊醒大梦，一杯浊酒酹天公。

访嵩云山大兴禅寺

山林古寺清凉地，兴致悠然叩佛门。

翠绿藤萝行断壁，朱红刹宇立残垣。

廓清迷雾宗风在，澄净苍天正法存。

我见如来空寂里，无边光亮照乾坤。

访魏源故居

隆回宝庆小山村，二百年来说魏源。

半亩方塘行日月，一株古柳过乾坤。

湖湘精气承贤哲，海国舆图仰学尊。

揖拜英雄真识远，心怀净土向空门。

访向警予故居

向氏风流起大云，俊贤气节九州闻。

警钟频响苏昏聩，遒铎常敲醒醉醺。

蹈义为民传万载，捐躯报国重千斤。

英豪宝地吾瞻仰，溆浦红荷胜桂芬。

访新田二中

永州往事越千年，子厚才高著八篇。

北国山穷通大寨，南疆水富润新田。

二中胜景开湘竹，一郡奇花绽杜鹃。

可惜贾生情未续，大云缭绕蔚蓝天。

访谭延闿故居

谭族高门晚世昭，诗篇文牍自琼瑶。

延声书界挥遒劲，驰誉枪林响寂寥。

闿悌交人甘草润，圆融理事桂花飘。

风流当代知何处，岳麓青松入九霄。

芷江抒怀

访谒芷江中国人民抗日战争胜利受降纪念馆不值，遂游城有感。

芷江名胜九州闻，日寇投降靖逆氛。

侗寨风追黔楚月，汉乡烟化桂滇云。

山河锦绣图洪业，农贾繁荣颂丽文。

世界同圆团结梦，和平二字重千斤。

访玉峰寺

重阳不到登高处，携子寻幽叩佛门。

蝶绕黄花欣日丽，鸟鸣翠树爱枝繁。

慈眉菩萨常萦梦，怒目金刚更慑魂。

缘起性空真了义，谁人可与解风幡。

芙　　蓉

瑶台涵露玉华浓，紫旭芳菲照圃中。

半曲弹时千曲折，一花开后百花从。

屈子辞赋寻君迹，太白歌章觅汝踪。

润物阳春何处是，夜来遗梦到芙蓉。

登福鼎太姥山

静坐危亭喜自来，云霄襄助洗尘埃。

终生敩学从兹始，亘古修心到此回。

塾府端看瑚琏器，桃源好育栋梁材。

悠然天地谁齐证，三乐箴言畅我怀。

感恩众友点赞

众人谬赏我文辞，回首难堪偃蹇时。

求偶家贫恒寂寞，晋阶性峭总参差。

清晨慰意观苏赋，深夜安心品杜诗。

起落浮生浑若梦，红尘抖落更迷离。

感兰君苦攻《说文》已有小成

西昆岭上菊初芬，喜见兰师讲说文。

古字田园勤种莳，鸿经苗圃力锄耘。

半轮紫日千山小，一笔红钩百卉殷。

回看云鹏飞太姥，闽江水汽正氤氲。

次黄山谷登快阁韵

老子无缘公府事，频登高阁鉴天晴。

烟岚开合寻常美，日月沉浮分外明。

发上试刀心稳健，云端挥笔气纵横。

师尊庄子南华典，更喜群生与我盟。

师恩难忘

犹记师尊杨茂林，恩情泽被到如今。

栽培桃李终生梦，浇灌芝兰一片心。

立弱固强资历老，覃思辅政水平深。

铜湾镇上沅江水，静夜如闻战鼓吟。

观旧照有感

秦皇岛上十年前，狂热青春慕古贤。

贺子英明真画圣，陈兄倜傥信书仙。

几帘佳梦燕山麓，数种幽情渤海边。

南北东西凭尺素，相思故友望湘天。

庚子年国庆

七十一年风雨路，中华大国展雄姿。

文传旧韵润清秀，武耀新春信俊奇。

发展工农开伟业，弘扬科教奠丕基。

小康锦绣全民乐，同庆神州再赋诗。

庚子年教师节

一年一度菊花黄，丹桂迎风更入香。

翻越书山亮灯塔，遨游学海作舟航。

一腔正气培才俊，两袖清风育栋梁。

重道尊师今日盛，文华德义聚黔阳。

故里省亲

醉美人情是故乡，幽荷修竹映方塘。

家君敛色量甘苦，祖母开颜问短长。

鱼杂新烹陈酿酽，羴肩熟煮陋肴香。

举杯父老频存问，一片冰心送沁凉。

故友朱先生再寄茶叶

秦皇岛上初相遇，厚谊多年契阔间。

共约坐禅鼎清寺，相期题赋武夷山。

煎茶水沸双眸湿，洗砚池磨两鬓斑。

人事苍茫安可待，权凭玉爪洗容颜。

观国庆七十周年阅兵有感

龙行虎阵孔威生，七秩华诞看阅兵。

北斗星辰描巨制，东风快递启长征。

军戎整饬凭良将，工业全兴贺大成。

祖国繁荣多祝福，诗文谱曲赋深情。

返桑梓感怀

　　品周莘《野泊对月有感》，念吾多年飘蓬，今始得返
桑梓，是以感怀次其韵。

　　　　诗心半柝夜中明，辗转流离客子情。

　　　　剑舞浩茫寒海域，酒觞沉寂暖山城。

　　　　蓼莪石伏庭除冷，萱草陂欹户牖惊。

　　　　我有辛酸吟不得，临风任笔向天横。

癸卯兔年正月初七歌永州

自古奇珍产永州，捕蛇者说笔风遒。

独星子厚明千载，双水潇湘合一流。

骀荡春风添聚乐，温暾旭日减离忧。

东君怜我劳生计，特遣花开最上游。

桂　香

十一年前离故国，青春负笈到燕京。

艰辛散去书生气，困窘赢来浪子名。

梦境犹怀湘楚士，诗行总颂雪峰情。

桂花摇落深秋雨，遥望云宫远益清。

国庆节与家人归乡探亲

人间最贵重亲情，佳节难忘故里行。

玉府琼柯藤尽槁，柴门瓜树叶仍荣。

前程辽阔维朋友，正道沧桑赖弟兄。

汽笛一声秋色暮，回眸父老泪纵横。

读白居易诗作有感

沉浮穷达问金尊？风骨如山立世存。

往昔摩书增阔议，今朝抚剑长清论。

狷狂易负佳人爱，谨讷难承伯乐恩。

释笑人间千古梦，朱门紫气散寒门。

次李义山昨夜星辰昨夜风韵

一场春梦化清风，寂寞星辰逝远东。

何处玉人消息达，哪时君子尺笺通。

荒榛曲水披残绿，石径寒山葬落红。

追忆燃情再回首，人生终究叹飘蓬。

次苏东坡和董传留别韵

曾经仗剑走天涯，颜面清如不尚华。

北国十年吟落雪，南疆一夜咏飞花。

恋乡畏远频栓梦，顾老祛寒紧锁车。

意气平生多负我，豪情半醉信涂鸦。

河南大水八方支援有感

百面龙川灌郑州，风云惨淡满天愁。

鼋鼍结队东西荡，鲛鳄成群日夜浮。

万户流离何处止，千家颠沛几时休。

八方大爱兴邦国，旗插江河最上游。

贺吴伟先生铜湾田螺店受访央视

铜湾自古据关津，人物风华赞绝伦。

沅水波滋蔬菜美，雪峰气养肉羹醇。

勤耕财足千仓谷，频食神清百岁民。

哪及田螺汤味酽，销魂一碗醉仙人。

贺友人生日

玉手裁冰四十冬，碧螺春色蕴香浓。

煮茶新啜杨枝水，梦雪才吹柳叶风。

半世红尘浇爱海，一天紫旭剪芳丛。

王孙不解清如意，岂鉴灵台自在空。

怀化郡永高三语文组小聚

郡永文人气色清，桂香时节聚边城。

求真务实谋鸿略，探隐穷微启远征。

乖义相分言懿激，华章共赏笔纵横。

中坡山景秋奇绝，回望江天水一泓。

参加学校运动会有感

郡园十月满清香，绿纛红旗舞赛场。

永夺上游研策略，恒争优等露锋芒。

体坛骄子身心健，学海雄材意气扬。

育出圣贤焕星斗，鸿猷伟业振家乡。

小年夜独坐感怀

灶王述职出瀛寰，天地隆冬改旧颜。

辰水雪飘苏宝顶，安江雾锁武陵山。

茶香袅袅欹章甫，酒韵依依湿发鬟。

笛入玉人中夜梦，桑杨祝颂自斑斓。

黄　昏

江南烟雨暗黄昏，山岳田畴远近浑。

仙女愁思寒小镇，董郎苦意冷江村。

夜禅初课余香烬，晓镜回妆剩泪痕。

独恨人生如杳梦，情深情浅复何言？

回乡探亲有感

难忘桑梓野鸡冲，千古杨家血脉浓。

吉水吉山思远祖，诚心诚意拜先宗。

四知堂里书飞凤，三省轩中话卧龙。

几度阳春温夜梦，梅开时节又相逢。

回眸半生

偃蹇半生回首处，风霜缚足跋滋泥。

丹心有恨悲云上，白发无情叹景西。

偶向幽人鼓琴曲，长随旧友续诗题。

龙泉挂壁虽怜我，未忍闻渠暗夜嘶。

滞闽有感

闽东太姥阅人情，夜半农庄寂静声。

总赴朱明陈梦去，亦如赵宋旧春行。

私沾文苑欧苏气，暗学诗坛李杜名。

我本湘西田舍子，薄于世味苦何成。

梦 佳 人

梦酣时刻遇佳人，婉丽清和笑映春。

桂露依稀开皓齿，兰香隐约启丹唇。

八年血泪闻心苦，一片芳华鉴意真。

我愿乘风游万里，满天云气幻星辰。

贺家君寿诞

小雪微寒爱嫩晴，天光映海瑞征盈。

经霜橙树坚奇节，洗雨黄花湿重英。

颜介箴儿家训古，仲由馈父族风清。

今朝举爵欣为寿，元是人间醉晚情。

家乡中方县接龙镇发洪水

惊闻故里泻汪洋，诗赋情裁五月殇。

霹雳喧鸣催电母，波涛磅礴激龙王。

鼍浮椽子新轩阁，鱼绕锅台老屋场。

父老护持承伟力，凶灾战胜建家乡。

荆室举办文学讲座

当年穷困且休言，俯首从人信不谖。

夤夜严霜笼白屋，平明杲日照寒门。

苔花尚久成稊米，瑶草偏长作令媛。

笑看新田阡陌上，一枝春色已妆樊。

惊闻倪先生辞世

先生为道行南北，大众欣闻木铎传。

精说五伦开旧学，力扬八德拓新天。

锄经堂里飞蝴蝶，敏礼轩中泣杜鹃。

水阔山长悲不达，衷情缅想诉诗笺。

敬陪父亲游赏雪峰山苏宝顶

无限风光苏宝顶，家严同我此登临。

湘黔物色开天地，怀邵人文育古今。

特出诗文行坎壈，等闲车马走崎嵚。

鲤庭今日非能孝，回首烟岚落远岑。

静思抒怀

常羞肺腑乏钤韬，风度何曾入哲髦。

炼气慕仙云作马，修心砭俗笔为刀。

坐禅诵偈穷生远，酹酒吟诗逐浪高。

一梦南柯莺唤起，堂前榆柳晒青袍。

酒　　局

西风萧瑟恨佳人，惆怅萦怀更绝伦。

贤友兴来茶淡净，香荷梦去酒酸辛。

鲛人织泪飞冰海，青鸟衔书洒玉尘。

尽挹湘江沃残菊，幽窗遥夜问精神。

郡园雨中赏梅

细雨山城洗积埃，郡园香沁是寒梅。

孤高赖尔能偕侣，幽独凭君肯作陪。

虬曲褐枝迎雪去，轻柔红蕊报春来。

今朝不必长为客，暂属冰魂醉几回。

郡园赏梅

幽梦牵怀到郡园，寒枝冷叶鉴香魂。

冰封众草容颜褪，雪映孤梅气色存。

春到朱华还有韵，冬来玉骨自无言。

谁知此物艰辛甚，清泪阑干洗血痕。

哭　黛　玉

君魂散尽潇湘冷，我读残篇泪已空。

落寞一时偕执恤，孤标千载倩谁崇。

乾坤本自荒聪秀，天地元来瘗巧工。

废稿焚诗遥祭夜，东风起处葬花丛。

腊月十八访湖南科技大学

湘潭一十六年前，若水时光叹逝川。

追逐豪情平仄后，逍遥大志汉唐前。

子瞻歌赋羞文曲，太白辞章落谪仙。

我欲留名载青史，辛勤何必问苍天。

老　梅

冰肌玉立断桥旁，白雪妆颜胜鞠裳。

刺晦悬肝从迥异，凌寒崛骨恰寻常。

苏诗蕙茝能刑法，屈赋芝兰为宪章。

渠自风流天下著，清魂一缕动旻苍。

连日微雨

细雨微寒浸冷冬，湘西无日不蒙蒙。

天光晓暮分深浅，山色晨昏变淡浓。

屋矮龛斜神梦老，藤枯苔滑鸟餐空。

如何愁散销今古，作曲吟诗志复雄。

与蒲海燕聊文学

幸得人间走一回，谁堪抱负久难开。

心浮皓月千年上，笔唤清风万里来。

德业成时眠阆苑，文章就处醉云台。

唾壶谨使无敲缺，何必金波为遣哀。

罗雄贤兄寄书已至

通州别后十三年，冀北江西望朔天。

尘网烧焦情荡荡，世罗捣破爱绵绵。

心空净悟宗菩萨，欲灭虚明慕圣贤。

多少英雄醉生死，一堆青冢化云烟。

见彩蝶有感

忽遇凌空飞彩蝶，停留白壁梦庄周。

黑纹辐辏遮青背，黄翅开张掩紫头。

彼处溷藩常作乐，吾临雅室每为忧。

我歆虫亦虫怜我，心物双忘最上筹。

谭丽燕老师贻我蟹肉

舌上珍肴数蟹黄，微酥透软醉清香。

荀卿劝学曾为喻，苏轼螬蟀亦赋章。

炉下夺刀称勇毅，滩前舞爪号猖狂。

今君入我书生肚，切莫衔怨诉鬼王。

吴广平教授莅临郡永学校授课

阔别明湖十五年，光华梦绕复魂牵。

尚书甫读歆豪俊，论语初熏向圣贤。

桂韵秋浓歌嫚婉，樱花春盛咏婵娟。

先生依旧乡音雅，别样风流忆讲筵。

内子学校元旦藏头诗

新节又来盈紫气，永州物候焕山城。

田畴阡陌将鸣燕，市井梁枋渐啭莺。

二两陈醅足醇酽，一厨鲜馔满香馨。

中华国运腾吾学，看我英才榜上名。

【 第三辑 】

古 体 诗

归乡·其一

苏东坡言:"吾于诗人无所甚好,独好渊明之诗。""吾前后和其诗凡一百有九,至其得意,自谓不甚愧渊明。"以东坡之文才,尚师事渊明,况吾辈乎?今适得闲暇,回乡休顿,颇歆渊明之诗句耳,故裁情于古体,聊作组诗,以宣吾心之所向也。

微躯罥尘俗,鲜能养本真。

恨无停憩所,羁縻竟何人。

简此闲适日,故居欣探亲。

山野得空旷,俯仰长精神。

老屋镌时岁,父老问苦辛。

绿木催生气,霞彩焕昏晨。

鸡鸭鸣逐食,黑犬不厌贫。

家严抱枯树,力锯添柴薪。

慈妪展颜笑,温情暖近邻。

我劝浪荡子,归乡要及辰。

归乡·其二

俗爱盘飧野，啖饮润肥肠。

飞禽与走兽，俎案佐觥觞。

我怜天生物，与人异皮囊。

举动开灵性，忉怛不忍伤。

争如觅菌类，葱蒜爇高汤。

家父拾松蕈，须臾便满筐。

轻拈拣砂砾，赤面闪金光。

涤水驱微质，烹煮鲜味扬。

持箸夹玉菇，爽滑齿生香。

杯酒滴干喉，顿觉天地长。

归乡·其三

柴火烹麤肩，诚意款亲友。

干椒炒香菇，村肆沽米酒。

举杯出美辞，感子情笃厚。

佳事会良辰，琼浆图爽口。

故人日已稀，贤者常聚首。

子孙赴新城，耆宿能厮守。

素德并穷通，恩义安能负。

路途若不平，插刀一声吼。

浮生每寂寥，志趣难相偶。

我且托拙文，祝君皆长寿。

归乡·其四

村镇望赶集，三八到接龙。

青壮朝城邑，老媪携幼童。

故旧多存问，互见展笑容。

欢谑谈嫁娶，还说稻谷丰。

市列难称夥，商贾却精工。

粳米香溢远，家禽戏竹笼。

圈池鲤鱼跃，肉味卷清风。

珍果陈边鄙，菜蔬水雾蒙。

吉凶能卜卦，江湖看郎中。

经营三五载，重游庆裕隆。

归乡·其五

何能畅平生，不若游濑水。

绿涛荡情怀，碧波映容止。

蜿蜒似苍龙，潋滟千万里。

到斯悟自然，倏尔去忧喜。

洵乎醉风光，中方有大美。

纵身跃入河，图爽扎猛子。

开眼捉蟹虾，疾步追鲢鲤。

灯火照众人，燕嬉如闹市。

感慨涌须臾，盛事堪遇几。

率性每守常，方为尚真理。

归乡·其六

蒲海葡萄沟，美誉飘桐木。

昔日盛游人，香风拂满目。

百年树老藤，庶人多福禄。

天命诚邃幽，穷通难均幅。

公益众仁君，助学访农屋。

父母已分离，留女受孤独。

运输聊营生，清苦难饱腹。

又有唐姓民，足残坐饲犊。

家计赖贤妻，经济仰小叔。

我愿诸贫儿，无忧捧书读。

归乡·其七

何处解乡愁？家严耘田圃。

荒秽十数年，塍埂生杂树。

乱草渐迷离，野兽率歌舞。

麻雀戏斑鸠，禽鸟恒相聚。

昔能产膏粱，今岂无人主？

沐曦荷锄耙，戴月秉刀斧。

砍伐连焚烧，焦壤换沃土。

采薪助爨炊，道旁似兵竖。

若非乡野行，谁识民生苦。

岁月凛风霜，寒薄摧老父。

归乡·其八

向来多滞居，寻幽来涧谷。

小径走盘龙，莺峙花木馥。

高树耸入云，屋前绕修竹。

群鸭卧桥荫，雄鸡啼沟渎。

村落属天然，山穷连水复。

举足涉清渠，鱼虾竞相逐。

犬子倍欢欣，涟漪堪轻掬。

投石击深潭，浪花翻丛簇。

童趣本率真，流连忘枵腹。

端坐净凡尘，禅情千万斛。

归乡·其九

踏访清幽处，爽气湿衣冠。

黄岩古村落，隐约耸云端。

山径长九曲，看雾好凭栏。

觉悟乾坤大，到此天地宽。

桃源养世外，农家植桂兰。

白马盛花海，秀色诚可餐。

孔雀娴樊内，猕猴戏石峦。

玻璃修栈道，俯听响急湍。

民宿矗绝壁，秋叶集丹鸾。

人生多不恄，最爱是清欢。

归乡·其十

犬子龆龀龄，新学持家务。

盘锦魏书生，称斯助颖悟。

主教几十年，栋梁育无数。

是以导小儿，亦可添童趣。

米淘白雪花，盛水涤厨具。

置入铁器中，开机视刻度。

洗净锅碗盆，精选茶盐醋。

磕破鸡蛋壳，烹煎营养素。

进膳细品尝，嘉奖多进步。

为父心气高，成长愿陪护。

归乡·其十一

七月天转凉，俗过中元节。

后嗣祭祖先，生死难分别。

灵位烧冥钱，沸腾胸中血。

白纸书姓名，献礼各排列。

鱼鸭案俎分，入锅初加热。

鲜果荐时蔬，诚敬心高洁。

佛氏有法言，魂魄洵不灭。

六道变轮回，微妙安可说。

传统续万年，文明称奇绝。

苦乐寄娑婆，愁肠千百结。

归乡·其十二

秋凉石宝乡，舅娘撄凶疾。

病体至弥留，探看来叔侄。

譬如节气行，天光转萧瑟。

嶙峋骨包皮，郎中医乏术。

卧床十余年，神魂已渐失。

日夜烧药汤，人何能敷出。

所欣子嗣贤，长年皆绕膝。

家和万事兴，世间罕能匹。

我悟梦醒时，生死总归一。

荣枯反复回，斯为大规律。

归乡·其十三

人情底最长？祖宗说兄弟。

二子同乘舟，炜烨颂棠棣。

切切仰友朋，怡怡敬俗世。

忠义赞杨家，皇皇雄族势。

吾兄四十余，志气多磨砺。

留我品烧鹅，情谊更相契。

火锅自助餐，滋味靡可替。

孝道存友恭，家风凭翼卫。

荆树叹田真，和睦高门第。

暮色笼鹤城，祥云生天际。

怀化市鹤鸣洲行

我来怀化已三月，杏坛跬步从头越。

漂泊多年感凄凉，梦里岁华尽飘忽。

杳杳云中如孤雁，栖落树杪与溪涧。

秋高垂首逆西风，春深敛翅啼坠瓣。

偶有飞羲值冬晏，睇眄流连江南盼。

花香月照泣血时，一翔一唤声声慢。

疏离桑梓十五载，登顶泰山观渤海。

人事幻灭不可追，辞章慰我添文采。

名利弃吾走匆匆，冰心淬剑依然在。

知交零散畏轻狂，峭骨嵌身终不改。

拙笔刚猛亦纤柔，文苑痴情望主宰。

穷极难通思鹤城，木发新枝水色清。

雪峰绵延数千里，上有仙女奏古筝。

铿尔停拨九天下，万壑雷动爽籁生。

虎豸虫蛇自消遁，独立苍茫玉宇晴。

见我行吟聊披发，便遣神马护山行。

马解人语释诸愁，手指城南鹤鸣洲。

一洲半水三面道，琉璃净光射琼楼。

绿木交辉蓝电里，歌舞潇洒自风流。

中竖高阁倍雄壮，苍龙欲啸青天上。

雕梁画栋镌古书，雅气氤氲久瞻望。

抑郁重淫即顿开，襟怀濯洗除惆怅。

贤人风骚起偃藏，精神焕发光无量。

徘徊高阁三四围，倏然心志转凄怆。

人生飘蓬适南北，形寿随化渺无力。

几多烟景蕴阳春，芳菲将尽余叹息。

盈虚难恒辄引悲，文章财宝枉倾国。

若我马齿只徒增，浩荡欲海何日澄。

喧嚣尘世不可驻，了却多情慕贤僧。

炭火淋水烟雾起，不使扑腾沸胸膺。

移步换景至洲中，迎面惬意拂秋风。

水面澈映高楼影，青黄橙紫是霓虹。

游客成群还独处，哀戚欢忭与我同。

风致随处抚人意，何必汲汲建事功。

一念无心天地老，深夜坐禅茶半盅。

怀化市沿河路行

劳碌课余爱偷闲，辄慕寄躯蓬莱间。

驱车便至沿河路，尘世喧嚣不相关。

潕水清涟随夜隐，时有锦鲤跃潺湲。

淘漉一声浪纹起，几尾游鱼动噸噸。

岸边摇柳飘袅娜，青绦撩人脾性顽。

柔丝缠客惹情意，回眸莞尔理云鬓。

此时洵可醉良辰，轻风拂面长精神。

洗消杂虑空空也，晚秋育出一段春。

观音大士成道日，转念尊号觉逸尘。

手捻佛珠万缘易，等齐感官嗜与嗔。

美景佳城不欺我，幽静受用欣绝伦。

仰望对岸光飞洒，片片琉璃辉大厦。

赤橙黄绿紫青蓝，仿佛月华天阙泻。

玉盘馨香入清水，绮梦无痕流千里。

物华天宝咏鹤州，几年换尽沧桑耳。

国际陆港盛规模，名满潇湘闻遐迩。

一迎三创正逢时，五溪异彩垂青史。

故园荣耀传千秋，苍生感激承福祉。

忆曾怀化榆树村，经湘入黔西大门。

红星桥头车马乱，三角坪内黯黄昏。

中心市场商贩满，田翁进城俭盘飧。

雨打泥泞散纷纷，道旁腥臭不可闻。

晴明土滑胶鞋屐，炎夏黄尘蔽白云。

人生物理皆如一，未转运时信萧瑟。

阴霾暮霭郁沉沉，倏忽天中杲日出。

小丘覆草已经年，孰知转瞬即崒嵂。

雏鹰奓翅百鸟啴，待鬻高天俾惊怵。

我枉苟且卅七年，检视前尘不得眠。

颠沛流离迁南北，风华蹉跎梦难圆。

闭目挥手俱成昨，会登雪峰润诗篇。

丽江机场别王君云林

云南览胜虽言止，日照前途千万里。

曩昔华坪印德名，栋梁长短多忧此。

闻道衡阳礼乐浓，躬耕教苑从头始。

爬罗剔抉叩史书，多方请益求竟指。

名利远身学东坡，终生潇洒山川里。

君返泰州满晚霞，勿忘楚国香鱼米。

世俗樊篱倍寂寥，子孙婚姻何须理。

华夏风光重苏杭，高义真情洵大美。

桃李年年笑暖春，束脩敬意多弟子。

别后挑灯读子书，清如东去长江水。

明朝云上驭金鹏，湖中大蟹将肥矣。

农乡油菜行

淑景和风暖仲春，莺鸣蝶舞长精神。

天公今日甚作美，穹宇空阔净无尘。

我自城邑返农乡，乾坤满目染金黄。

神女雅怜人世物，玉屑奇珍撒八方。

坡垄阡陌变颜色，远近镇甸闻异香。

妖娆绵延千万里，婀娜妩媚偏相似。

笑靥偶开醉风流，使人卧倒难扶起。

细掐慢捻欲凑前，园中百卉谁与比。

馥郁潜呼蜜蜂来，为酿甜汁不辞累。

一朝装点好春山，勤虫巧花两欢喜。

畦上东风频吹过，纤手微摆遥相和。

莫以鄙陋目吾诗，言清长歌堪庆贺。

非我不爱艳丽花，花气虽高远桑麻。

玲珑豪贵朱门傍，哪株更愿近农家。

农家农人习农事，汗浇五谷肥大地。

士子浮浅崇工商，刍荛岂可轻弃置。

但愿上苍发慈心，油菜结籽兑万金。

乡村振兴蓝图绘，一篇古体更沉吟。

赠陈伏坤兄

松雪道人书至工，昔日羽化幻彩虹。

玉皇敕渠再回世，精魄于今结闽东。

山水奇绝物华献，桃源旖旎凭福建。

黎民修德孝悌和，宁定藩邦肃风宪。

碧落文采蔚烟霞，尘间浦口隐白沙。

祥光万道升海曙，坐此兰亭誉清嘉。

斯人风流扛椽笔，翰墨幽香散天涯。

一字能教凤凰翥，尺牍春色开百花。

半副楹联闻犬吠，元是菩萨泛仙槎。

仪仗宣威鸣法器，夺取丹青登鸾骑。

传示阆苑震神祇，竟日淹留容貌醉。

自古诗书辄相新，兄台矢志大雅陈。

诚悫攻读三教典，乾坤俯仰四时春。

降伏其心毒龙制，摹写箴训拨迷津。

我何落寞事无成，与君同义秉笔耕。

待到西昆白茶笑，偕尔论禅品峥嵘。

凤凰古城

暑气潺身心，新雨发清爽。

良夜思胜游，趋静寻幽象。

边鄙纛凤凰，众庶频前往。

题书甚宏伟，位跻名城榜。

誉美沈从文，天下皆风向。

秀山愈可怜，翠微开锦幌。

沱江泛绿波，金练铺万丈。

划舟过中流，歌咏移兰桨。

烟火熏月华，客栈仙乐响。

货贩鬻奇珍，论值凭斤两。

银饰靓佳人，婀娜沿街上。

公子体蹁跹，回眸笑倜傥。

歌舞列琼台，傩戏悦乡党。

盛世有桃源，玉砌太平壤。

璀璨射灯光，如升阆苑赏。

群山嵌宝珠，千秋祥瑞盎。

人民重纯朴，国恩感浩荡。

素心奠先生，循路拜雕像。

星斗焕诗文，勤励供瞻仰。

英才代承传，月明天地广。

己亥夏访陈伏坤

甫别宁德城，驱车至霞浦。

老友号陈师，洵为积德户。

才华动鬼神，笔墨掣风雨。

同事过十年，娴静雅好古。

恭敬于弟兄，同行堪御侮。

乐捐购兰居，俾长入贵府。

学问耀真金，师徒共相聚。

疑窦交咨诀，善道能依辅。

庭院茂椿萱，馥郁胜嘉树。

化育称五龙，慈母并严父。

感我业不成，受此穷顿苦。

唯有多殷勤，方能改命数。

犬子游祁东

洪炉烤楚国，万物炙骄阳。

小儿暇学业，顾我共其娘。

别时将两月，倏尔诧身长。

永州隔衡岳，见如参与商。

念此天伦阻，酸泪盈眼眶。

堪怜吾犬子，冥顽废文章。

日耽拆机械，心偶泛灵光。

央我邀餐席，虾美煮羹汤。

手舞兼歌咏，超市备干粮。

明旦边城去，云霞满潇湘。

示 犬 子

昔时于北国，欢谑绕帷床。

夏冬逐白云，春秋采绛囊。

倏尔光阴逝，身段及胸长。

安能知格律，初学做诗章。

唯堪勤奋勉，状元出百行。

胸中有丘壑，仪表自堂堂。

晚　步

向晚一盅茶，此间情最好。

世俗皆云痴，几人能趋道。

山村雾气浓，浮图颇缥缈。

净虑堪悟空，于是修行早。

昔时抹电光，难觅其幽杳。

当下并未来，只是徒纷扰。

一句阿弥陀，梵音奏精妙。

竹　林

江中有岛洲，风光洵奇绝。

饭后咏吟余，寻幽期情悦。

秀竹数千竿，一一垂气节。

入内倏清凉，隔离外间热。

蓊郁蠹成林，晚照投红屑。

思启追昔时，志高七贤哲。

坎壈不可移，威武安能折。

枝叶啸秋云，千秋尚凛烈。

吾辈再登临，丘壑难磨灭。

鱼戏逗鸟鸣，涛声更澄澈。

自　嘲

执教七八年，门生两三个。

偶有闲适心，援笔撰拙作。

阔别旧时光，再授古文课。

忍此贫苦运，凭他世间唾。

油盐酱醋茶，正合寻常过。

十载磨一剑，板凳要坐破。

自古俊彦士，多遭无常挫。

问心当无愧，念佛朝天贺。

新路·其一

七月云清天开朗，浮生再踏征途上。

此来衡岳借东风，愿登石梯观列嶂。

自古流韵慷慨多，祁东黄花育新象。

山水秀美赞英雄，人物辉煌歌倜傥。

黉府成章起大楼，凭高视远千万丈。

绿树阔叶已成荫，天地精华潜滋养。

校园处处读书声，远近高低各回荡。

科学施教产俊才，鞭策点拨多嘉奖。

高考跃入大学门，仿佛金玉生膏壤。

勤勉奋作劝少年，星辰大海为指向。

新路·其二

当年远上京华北，如今离家十余载。

双亲鬓白立西风，可怜鞠育尽慈爱。

寒暑节假方暂回，高堂存问何曾废。

不为黄金不为名，圣贤史册留教诲。

父期母盼日夜连，安能激感吾心肺。

一朝先妣侣飞仙，唯恨光阴难返逮。

秦皇岛上涌波涛，福鼎海边潮涨退。

安江镇里仰隆平，祁东苗圃还灌溉。

天涯乖隔有情人，中秋怅望多沈溃。

桃李栽培直栋梁，方是大我真风采。

新路·其三

西风拂面惹人醉，成章绚烂新天地。

红旗招展映大门，校训箴言磐石记。

忠信修持可立身，輗軏成仁为礼义。

出入刷脸序井然，标语储能图文治。

电梯直上到九楼，俯瞰祁东生大志。

居处清洁似兰薰，赌书泼茶多雅意。

空调换吹冷暖风，与时休息醒智识。

车辆号牌合神州，进位陈列排鳞次。

龙虎榜贴状元名，才德双馨称颖异。

躬耕杏坛十多年，黾勉栽培栋梁器。